AF453242

DÉCOUVERTE

INTÉRESSANTE,

ET

L'ASSASSIN.

TYPOGRAPHIE DE MARCELLIN-LEGRAND, PLASSAN ET Cie.

IMPRIMERIE DE PLASSAN ET COMP., RUE DE VAUGIRARD,
Nº 15.

DÉCOUVERTE

INTÉRESSANTE,

ET

L'ASSASSIN;

NOUVELLES

TRADUITES DE L'ANGLAIS;

Par M. DE R***

Paris,

LEVAVASSEUR, LIBRAIRE, PALAIS-ROYAL;
PRÉVOT, LIBRAIRE, RUE DE VAUGIRARD, N° 22;
DELEVOYE, ÉDITEUR, RUE D'ENFER, N° 2.

1829.

AVERTISSEMENT.

Dans le numéro de *la Quotidienne* en date du 26 mars 1829 on lit l'article suivant :

« Il y a plus de trente ans, l'équipage d'un bâtiment anglais qui naviguait dans la mer du

Sud se révolta contre ses chefs, les massacra, s'empara du navire, et, n'osant retourner en Angleterre, où le châtiment les attendait, ni même approcher des colonies, où ils auraient été arrêtés, les révoltés se fixèrent dans une île déserte avec quelques femmes d'*Othaiti*, qui se trouvaient à bord. Ils formèrent là une petite colonie, qui fut découverte par des bâtimens anglais et américains qui exploitaient le grand Océan. Depuis ce temps, des communications fréquentes s'établirent entre elle et les vaisseaux qui faisaient voile dans ces parages, et qui y portèrent beaucoup d'objets utiles. Quand la colonie se fixa dans l'île de *Pitcaira*, elle se composait de neuf matelots anglais et de six hommes, douze femmes et un enfant des îles d'*Othaiti* et *Tabon*.

» On remarque que les Anglais ont tous péri d'une mort violente. Il n'en reste plus qu'un seul, très-vieux, et qui désire terminer ses jours en Europe. Actuellement la colonie se compose de trente-huit hommes et de vingt-six femmes, sans compter cinq femmes originaires d'*Othaïti*. La nouvelle race est belle et conserve beaucoup de traits anglais. Tant que vécurent les matelots insurgés, il y eut souvent des dissensions intestines, et ces hommes coupables ont été eux-mêmes victimes des querelles qu'ils se suscitaient mutuellement. On espère que la nouvelle génération n'héritera pas des vices de ses pères. Depuis peu, une école a été organisée dans la colonie, et un charpentier américain, qui s'y est établi, apprend aux naturels du pays à construire des maisons. »

Lorsqu'en parcourant un ouvrage étranger, je rencontre quelques-uns de ces événemens extraordinaires qui semblent sortir de la sphère commune, j'ai pour constante habitude d'en conserver un extrait, ou au moins quelques notes. L'article cité me frappa, comme se rapportant à un événement qui m'avait fort intéressé jadis. Je cherchai dans mes souvenirs écrits.

J'ignore où l'auteur du paragraphe ci-dessus a puisé ses renseignemens, et si le *compte rendu* en est un exact de l'ouvrage que *je ne connais pas*. Mais, quoique le fait qui lui a donné lieu ne paraisse le même que celui dont je vais parler, nous différons essentiellement sur les détails. C'est au lecteur à juger qui des deux semble le mieux informé. J'ai fait suivre cette intéressante anecdote du récit d'un événement aussi *atroce, qu'extrordinaire*, que je lus, il y a quelques années, dans un ouvrage anglais, sous le titre de « *The Assassin, a narrative founded in fact.* » Je ne pense pas que, jusqu'à ce jour, il ait été traduit dans notre langue. Bientôt, sans doute, il le sera sur notre

scène, et nos *mélodramaturges* doivent
me savoir quelque gré de leur indiquer
un sujet amplement pourvu de toutes
les beautés classiques du genre.

*Victime innocente et persécutée.......
Scélérat atroce et dissimulé... Père noble,
inexorable et indulgent... Héroïne senti-
mentale, union mystérieuse, assassinats,
juges, gendarmes et bourreaux,* tout s'y
trouve. Et, pour peu que l'auteur ait
assez d'imagination pour y intercaler le
niais obligé, cause de tous les malheurs,
en voulant servir tout le monde ; si,
surtout, il est assez bien avisé pour re-

culer l'époque, et arracher l'aveu du crime dans une scène visible de *question ordinaire et extraordinaire*, son ouvrage peut aller aux nues ; et, pendant cinquante représentations successives, le théâtre de la *Gaîté* sera inondé de larmes, et ébranlé sous les trépignemens de la frénétique admiration de ses nombreux habitués des boulevards.

HISTOIRE SINGULIÈRE.

Le gouvernement anglais, regardant comme très-importante l'introduction de *l'arbre à pain* (bread-tree) dans ses possessions des Indes, expédia la frégate *Bounty* aux îles *Pelew*, pour se procurer des plants de cet arbre précieux. La frégate parvint heureusement à sa destination ; mais l'époque de son arrivée aux îles *Pelew* n'étant pas favorable à la transplantation de *l'arbre à pain*, le capitaine fut forcé d'y faire un séjour plus long qu'il ne l'avait cru nécessaire. Le climat enchanteur et les admirables productions de ces îles sont bien connus ; mais l'imagination a peine à concevoir l'effet qu'ils

durent produire sur un équipage exposé depuis plus de six mois aux dan-
gers et aux privations inséparables d'une
aussi longue traversée, et qui n'avait
jamais pu se former une idée des plai-
sirs et des jouissances de toute nature
qui s'offraient à lui dans ces fortunés
parages.

Les délices dans lesquels les matelots se plongèrent pendant la relâche
forcée de la frégate, eurent une fatale
influence sur la discipline; et ce fut
avec la plus grande peine que le capitaine parvint à faire rentrer l'équipage
à bord, lorsqu'il fut question de mettre
à la voile. Le fâcheux résultat de la sé-
vérité qu'il devint indispensable de dé-
ployer en pareille circonstance, n'est
que trop connu, bien que le sort de la
frégate *Bounty* ait été enveloppé du plus
profond mystère..... Peu de semaines

après son départ, l'équipage se révolta, massacra une partie des officiers, abandonna les autres dans un bateau avec une très-faible quantité de provisions, et l'on n'en entendit plus parler depuis. Les révoltés firent alors voile vers les îles *Pelew*, où ils se livrèrent à tous les excès que ce climat leur offrait en abondance les moyens de satisfaire.

Au bout de quelques mois, ils commencèrent à craindre que leur crime ne fût découvert, soit par la relâche forcée de quelque navire européen aux îles *Pelew*, soit par l'enquête que le gouvernement anglais ne manquerait pas de faire sur le résultat de l'expédition. Ils songèrent donc aux moyens de se disperser pour pourvoir à leur sûreté, mesure d'autant plus nécessaire, que la débauche et les violences auxquelles ils s'étaient livrés sans aucun frein, leur avaient fait des naturels du pays autant d'ennemis. Il fut donc résolu de mettre promptement à la voile, de se diriger vers quelque port hollandais des Indes-Orientales, et d'y vendre le vaisseau ; mais de tâcher auparavant de s'emparer d'un gros bâtiment marchand avec lequel ils pussent tenir la mer ; l'équipage devait alors en être massacré, la frégate *Bounty* coulée à fond, et l'on chercherait à aborder et vendre le vaisseau marchand dans quelque port étranger. Dans ce criminel espoir, la plus grande partie de l'équipage quitta les îles *Pelew* ; mais quarante ou cinquante d'entre eux préférèrent demeurer dans l'île au risque de tout ce qui pourrait leur arriver ; ces derniers étaient mieux vus des naturels du pays, avec lesquels ils avaient tous contracté des relations intimes.

Le sort de la frégate n'a jamais été connu ; quelques matelots ont bien été pris et pendus en Angleterre ; mais tous faisaient partie de ceux restés dans l'île. On supposa généralement qu'elle avait péri corps et biens dans quelque tempête.

En 1813, le brick américain le *Commerce*, capitaine *Falkoner*, mit à la voile de *Boston* pour *Canton*. Après avoir doublé le cap *Horn*, ce bâtiment fut pris du calme pendant plusieurs jours au nord des îles *Sandwich*, et, comme dans ces parages les courans portent à l'*est*, il fut jeté à une distance considérable de la route que suivent ordinairement les bâtimens qui se rendent en *Chine*.

Un dimanche, le brick se trouva à quelques milles d'une petite île qu'ils avaient en vue depuis huit heures, à peine indiquée sur leurs cartes, mais qu'ils savaient cependant devoir être située quelque part dans cette latitude. Peu de remarques importantes avaient été faites sur cette île; elle était seulement désignée comme un rocher stérile et inaccessible, et sa longitude exacte n'était point déterminée. Personne, autre que ceux qui ont navigué long-temps, ne peut concevoir combien est vif l'intérêt et la curiosité qu'inspire le moindre objet nouveau, lorsque, pendant plusieurs mois, on a été privé de toutes relations avec le monde entier. Le plus petit oiseau volant au-dessus des mâts, quelque corps aperçu flottant sur l'onde, excitent autant d'intérêt, et ouvrent un aussi vaste champ aux conjectures, que le feraient, sur terre, les événemens les plus importans. On peut donc se faire une idée des sensations que dut éprouver l'équipage du brick le *Commerce*, en découvrant, dans la direction de l'*île*, un objet qui paraissait se diriger vers eux, et qu'ils reconnurent bientôt pour être un canot; et leur curiosité fut portée au plus haut degré, en apercevant que les deux individus qu'il coutenait le dirigeaient à la manière européenne. Le capitaine *Falkoner* lui-même, n'ayant aucune idée qu'il existât sous cette longitude une île habitée, ne pouvait concevoir d'où il venait; et sa surprise fut bien plus grande encore, lorsqu'à l'arrivée du canot, un des deux jeunes insulaires qui le montaient cria en anglais: — «Won't you throw up a rope? (Voulez-vous nous jeter une corde?) » Lorsqu'ils montèrent à bord, tout l'équipage fut étonné de nouveau de voir deux beaux insulaires, d'environ vingt ans, dont les vêtemens étaient faits d'une espèce de nattes, mais dont la coupe avait quelques chose du goût européen. Pour eux, peu embarrassés ou étonnés de ce qu'ils voyaient, ils semblaient l'être davantage de la curiosité qu'ils excitaient à bord du brick.

Il était l'heure de dîner, et le capitaine *Falkoner* leur offrit de descendre dans sa chambre pour y partager son repas. Ils acceptèrent, et au grand étonnement du *capitaine*, lorsqu'ils furent assis à table, les jeunes insulaires, croisant leurs mains sur la poitrine, implorèrent la bénédiction céleste avant de toucher à ce qui leur fut servi, ce qu'ils firent ensuite avec la plus grande propreté. Vainement le *capitaine* chercha à obtenir d'eux quelques détails sur l'île d'où ils étaient venus, et sur ses habitans : — « *Alick!* ... don't you Alick ? ...... (Est-ce que vous ne connaissez pas *Alick ?*) ..... » fut leur seule réponse. — Bref, désespérant d'obtenir d'eux des informations satisfaisantes, et le temps étant toujours calme, le capitaine *Falkoner* se résolut de descendre dans l'île avec sa chaloupe. Il prit six hommes avec lui, et, guidé par les deux insulaires, il parvint, non sans de grandes difficultés, à une partie de l'île qui lui parut d'abord entièrement inaccessible à cause des brisans, mais à travers lesquels les deux jeunes gens le dirigèrent jusque vers une petite anse, où ils purent débarquer et laisser leurs embarcations en toute sécurité. Ils franchirent les rochers, qui semblaient une formidable ceinture autour de l'île, et le capitaine *Falkoner* fut alors grandement et agréa-

blement surpris de se trouver transporté, comme par enchantement, dans
la plaine la plus riche et la plus délicieuse qui se fût jamais offerte à ses
regards ; divisée par parties entourées
d'une espèce de haie, chacune d'elles
contenait une petite hutte ; sa vue
était bornée de tous côtés par d'arides
rocs, et leur sombre contraste faisait
ressortir avec plus de charmes la végétation vigoureuse qui la couvrait de
toutes parts. L'extase où il fut plongé
pendant quelques instans, l'empêcha
de s'apercevoir que quelques naturels
qui s'étaient d'abord présentés avaient
pris la fuite en le voyant descendre
dans la plaine, que ses deux guides
avaient été les rassurer, et qu'ils revenaient tous ensemble vers lui. A leur
approche le capitaine *Falkoner* fut frappé d'une indicible admiration , en

voyant trois ou quatre insulaires du même âge, à peu près, que les premiers, et plusieurs jeunes filles, dont la beauté et les formes gracieuses ne laissaient rien à désirer. Leurs traits et leurs manières semblaient unir à la fois les grâces naïves et un peu sauvages des Indiens, à la réserve et à la timidité des Européens. Bientôt, entièrement rassurés, ils commencèrent à causer avec le capitaine *Falkoner* de la manière la plus affable. Mais les mêmes questions qu'il avait adressées aux deux premiers insulaires reçurent la même réponse, aussi simple qu'incompréhensible. Ils parlaient sans cesse d'*Alick*, qui, disaient-ils, alarmé de l'arrivée des Européens, s'était réfugié dans une des cabanes les plus éloignées. Le capitaine *Falkoner* les engagea à aller le rassurer, et lui dire qu'ils étaient *Amé-*

ricains, et n'avaient pour tous les habitans de l'île que les sentimens de la plus parfaite amitié ; ils y coururent, et au bout de quelque temps le capitaine vit s'avancer un vieillard soutenu par ses deux guides. Il paraissait chargé d'années, et sa longue barbe blanche, tombant sur sa poitrine, lui donnait l'aspect le plus vénérable.

A la vue des étrangers il parut troublé, jusqu'à ce que le capitaine l'eût rassuré en lui adressant la parole. Voulant ensuite satisfaire la curiosité du capitaine *Falkoner*, portée au plus haut degré par tant d'événemens extraordinaires, il le conduisit seul dans sa propre cabane ; et après lui avoir offert des rafraîchissemens à la manière indienne, et demandé sa parole que rien ne serait entrepris contre sa sûreté, il lui parla en ces termes : — « Vous vous rappelez sans doute un événement qui excita la curiosité universelle, il y a déjà bien des années, le sort de la frégate *Bounty,* expédiée d'Angleterre aux Indes-Orientales pour y naturaliser l'arbre à pain... » Le capitaine Falkoner raconta au vieillard ce qui était parvenu à sa connaissance à ce sujet, et qui n'est autre que ce que nous avons dit plus haut : *Alick* (que nous pouvons maintenant appeler de son nom, *Alexandre Smith*) continua ainsi :

« J'étais au nombre de ceux qui préférèrent rester dans l'île *Pelew*, et pendant quelques mois nous y goutâmes la vie la plus heureuse ; mais, par la suite, quelques-uns de nos compagnons ayant eu des différends avec les naturels du pays, notre sécurité ne fut plus la même; et redoutant aussi, d'un moment à l'autre, l'arrivée de quelque vaisseau anglais, nous résolûmes de chercher dans le voisinage une île où nous puissions nous établir en toute sûreté.

» Nous fîmes, dans cette vue, de fréquentes expéditions sur notre chaloupe ; mais elles furent toutes infructueuses, jusqu'à ce qu'un jour, poussés par le vent hors de notre route , nous vînmes en vue de cette île ; mais nous en fîmes inutilement le tour, sans pouvoir trouver un endroit où débarquer. De retour à *Pelew* , nous préparâmes une seconde expédition par un temps plus favorable , et parvînmes à découvrir l'anse où vous avez abordé. La vue de ces lieux nous persuada aisément que nous ne pouvions trouver un endroit plus avantageux pour l'établissement projeté. Mais comme notre nombre nous parut trop petit pour le faire avec succès (nous n'étions que douze Européens ayant chacun une épouse indienne), nous proposâmes à douze naturels de *Pelew* de s'associer à nous. Ils acceptèrent avec empressement, et suivis également de leurs douze femmes, ce qui doublait la force de notre expédition, nous nous établîmes sur cette île. Après avoir fait trois ou quatre voyages pour y transporter des plantes, des semences, et les effets et ustensiles que nous avions retirés de la frégate *Bounty*, il fut unanimement résolu de brûler notre chaloupe, et de détruire ainsi tout moyen de communication avec le reste du monde.

» Bientôt nous sentîmes le besoin de perfectionner et de régulariser le contrat d'union qui existait entre nous. L'île fut divisée par égales portions, et chaque famille eut une habitation séparée. La décision de tous les différends qui pourraient s'élever fut remise à une sorte de tribunal des trois plus anciens insulaires. Un bâtiment , séparé des autres , fut construit en commun , pour servir de réserve en cas de disette ; et chaque famille dut y déposer le superflu des produits nécessaires à sa subsistance pour en former un dépôt et une propriété commune à tous.

» Deux ans se passèrent ainsi dans le repos et l'harmonie la plus parfaite ; mais alors tout changea de face par le plus horrible événement. Quelques blancs s'étant pris de querelle avec les naturels , il s'ensuivit une rixe, où l'un de ces derniers fut tué. Les Indiens , pour se venger, se réunirent la troisième nuit, et surprenant les blancs pendant leur sommeil, ils les massacrèrent tous. Quoique grièvement blessé, ma femme, par une espèce de miracle, parvint à me cacher et à me soustraire à leur fureur. Deux nuits après cet horrible événement, les femmes des blancs se réunirent à leur tour, et firent main basse sur tous les Indiens. Guéri de mes blessures, je me trouvai le seul homme existant sur l'île. A cette époque, le plus grand nombre des femmes indiennes se trouvant enceintes, je me vis bientôt entouré de nombreux enfans. La mort n'a depuis frappé aucun de nous, car le climat de cette île est extrêmement salubre.

« Poursuivi par les remords de ma vie passée, pénétré de reconnaissance envers la divine Providence qui m'avait si miraculeusement sauvé, je me regardai dès-lors comme spécialement destiné par elle, pour veiller au bonheur du reste des habitans de l'île, et plus particulièrement encore à l'éducation de la génération naissante : je fis le serment d'expier mes crimes passés par ma conduite future, et je puis dire que, jusqu'à ce jour, ma conscience ne me reproche pas d'avoir négligé aucun moyen pour parvenir à ce but. J'ai élevé ces enfans dans la religion chrétienne, et lorsqu'ils ont eu l'âge, je les ai mariés avec toute la solennité qui pouvait rendre, pour eux, ce sacrement respectable. Je suis certain qu'il n'existe pas de famille au monde où la bonne harmonie, l'affection mutuelle, soient portées plus loin que dans ma petite communauté. Je ne leur ai donné du monde que les idées qui peuvent ajouter encore au bonheur de leur vie paisible et retirée : ils ne forment d'autres désirs que ceux qu'il est en leur puissance de réaliser ; le chagrin leur est jusqu'alors inconnu ; et certes, il n'existe autre part sur la surface du monde entier, une race d'êtres plus privilégiés du ciel, au physique et au moral. Mais, hélas ! un état si prospère ne peut durer long-temps, et je tremble des funestes résultats que peut avoir pour eux la découverte que le monde vient d'en faire. »

Smith ajouta quelques réflexions sensées et qui prouvaient combien la révélation de l'existence de sa petite colonie lui semblait à craindre pour son bonheur futur ; et après quelques autres détails sur son établissement, il remit au capitaine *Falkoner* le livre de *lock* et le chronomètre de la *Bounty*, que les révoltés avaient laissés par précaution, lorsqu'ils partirent de l'île *Pelew* avec la frégate. Le vent commençant alors à s'élever, le capitaine fut obligé de quitter l'île *Pitcairn* pour rejoindre son bâtiment ; mais en prenant congé du vieillard et de son intéressante colonie, son âme fut remplie des sensations les plus douces, et différentes de toutes celles qu'il eut éprouvées jusqu'alors.

Son voyage à *Canton* et son retour en *Amérique*, par le cap de Bonne-Espérance, furent heureux. Il s'empressa d'envoyer à l'amirauté de Londres le récit exact de son voyage, en ce qui concernait l'île *Pitcairn*, et y joignit, comme preuves, le livre de *lock* et le chronomètre de la frégate *Bounty*. L'amirauté fit frapper une médaille en commémoration de cette intéressante découverte, et l'offrit au capitaine *Falkoner* ; elle s'empressa également de lui adresser la grâce d'*Alexandre*

Smith, dont il avait témoigné le désir d'être porteur, en attendant qu'un vaisseau fût préparé pour aller prendre solennellement possession de l'île.

Le capitaine *Falkoner* mit une seconde fois à la voile pour la *Chine*, et relâcha à *Pitcairn*. Il y fut reçu, par les insulaires, à bras ouverts; et sa propre famille n'aurait pu lui donner des témoignages d'une joie et d'une affection plus sincère et plus touchante. Mais, lorsque *Smith* reçut de ses mains la grâce du gouvernement britannique, le souffle de vie qui animait encore le vieillard parut s'évanouir à l'instant, il tomba en défaillance et ne se releva plus de sa couche.

Le capitaine *Falkoner* remit à la colonie un grand nombre d'articles dont il avait fait provision pour augmenter

son aisance et les jouissances de la vie;
et après avoir fortement engagé les habitans de l'île à ne jamais se départir
des principes et des habitudes qui,
depuis leur enfance, les rendaient si
heureux, il quitta *Pitcairn*, regret-
tant amèrement (telles sont les ex-
pressions de son journal) d'avoir jamais abordé dans cette île, et d'être le
moyen dont la Providence se fût servi
pour découvrir aux yeux du monde ce
sanctuaire de *vertus*, de *paix* et de *fé-
licités*.

Aussitôt que le bruit de cette découverte fut rendu public, un bâtiment, chargé de marchandises et des
diverses nécessités de la vie, fut expé-
dié à *Pitcairn*. Mais l'arrivée de toutes
ces superfluités sera peut-être une
cause non moins destructive de leur
bonheur, que les doctrines et les pré-

ceptes nouveaux qui leur sont maintenant prêchés par deux missionnaires,
qu'on leur envoya par le même vaisseau.

L'ASSASSIN.

L'ASSASSIN,

HISTOIRE VÉRITABLE.

A l'époque où l'empereur *Napoléon* était à l'apogée de sa puissance, et lorsque les Pays-Bas formaient une portion de ses vastes domaines, vivaient, à Bruxelles, trois jeunes gens nommés *Charles Darancourt*, *Théodore de Valmont*, et *Ernest de Sainte-Maure*. Les liens de la plus tendre amitié les unissaient ; et leur parfaite intimité était si connue, qu'on ne les désignait dans la ville que par l'expressive dénomination des *trois inséparables*.

Un singulier concours de circonstances avait, à la vérité, dirigé depuis
leur enfance, leurs goûts et leurs habitudes; et les modernes enthousiastes
de cette philosophie romantique, qui
veut prouver le pouvoir de la sympa-
thie, agissant au même instant sur les
âmes comme une étincelle électrique,
auraient trouvé, dans l'étonnante con-
formité de sentimens qui avait influencé
ces trois amis dans toutes les circonstances de la vie, une base plus solide
en apparence et plus séduisante que
celle sur laquelle ils établissent leurs
dogmes.

De toutes les affections dont le cœur
humain est susceptible, celle d'une
amitié désintéressée est, sans doute, la
plus pure et la plus sacrée. Et, lorsque
cette amitié date de l'aurore de notre
vie; qu'elle s'est perpétuée et fortifiée

à travers ses vicissitudes, jusqu'à l'âge où l'âme et le corps ont acquis la plénitude de leur force et de leur virilité ; quoi de plus noble, de plus sublime, que cette véritable noblesse, cette vraie sublimité de sentimens et d'affections réciproques, qui nous exalte et nous embrase !.....

Les trois amis dont nous parlons avaient été compagnons de jeux dès leur plus tendre enfance : dans l'âge des études, les mêmes écoles, les mêmes académies, la même université, les avaient réunis. Enfin, une circonstance singulière, qui ajoutait encore un degré d'intérêt à la touchante amitié de ces jeunes gens, et semblait planer au-dessus d'eux comme l'étoile de leur destinée, c'est qu'ils étaient nés le même jour.

Leurs parens, quoique placés dans

le monde dans des positions inégales, jouissaient de l'estime et de la considération générale. M. *Darancourt* père était un médecin distingué. Colonel du génie, mais couvert de blessures et d'une santé affaiblie, M. *de Valmont*, retiré du service, jouissait d'une honorable retraite ; et M. *de Sainte-Maure*, issu d'une famille illustre, mais d'une fortune médiocre, portait le titre de *comte*.

La première dissemblance de sentimens qui parut exister entre les trois amis, fut le choix d'un état. Le jeune *Darancourt* se voua à l'étude des lois et à la profession d'avocat, tandis que *de Valmont*, passionné pour les arts et les belles-lettres, ne voulut prendre aucun engagement positif, préférant l'indépendance de l'homme de lettres et l'étude du cœur humain à la fortune et aux illusions décevantes de l'ambition :

à la même époque, le chevalier *de Sainte-Maure* obtint un brevet d'officier, et attendait chaque jour l'ordre officiel de rejoindre son régiment. Ce n'était pas sans peine que sa famille, qui le chérissait, avait consenti à lui voir embrasser l'état militaire, et chaque heure ajoutait à sa crainte de voir arriver l'ordre impérial qui devait le livrer à la chance incertaine des combats; cette attente excitait elle-même dans le cœur du jeune homme des sensations qu'il ne pouvait définir. Son âme n'était pas si froidement trempée, qu'elle pût résister au profond chagrin d'un père révéré, et à la douleur déchirante d'une tendre mère, tremblans sur le sort futur de leur unique enfant !.... Mais le fantôme brillant de la gloire était devant lui, et il se résolut à le poursuivre !...

Charles Darancourt, qui venait de se faire recevoir *franc-maçon,* et qui paraissait désireux de contribuer, même dans les circonstances les plus minutieuses, à tout ce qui pouvait être utile à son ami, pressa fortement le jeune officier de se faire initier aux mystères de la *franc-maçonnerie,* avant de commencer ses campagnes. Pour donner plus de force à ses avis, il insista particulièrement sur une ancienne histoire, racontée par un célèbre auteur allemand. «Un marin Hambourgeois, ayant »été fait prisonnier dans une guerre »contre les Russes, et lorsque ce peu-»ple encore barbare ignorait le droit »des gens et les égards dus à un enne-»mi vaincu et désarmé, tomba au pou-»voir d'un maître despote et féroce, »qui le condamna au supplice affreux »du knout. Mais ce bourreau chrétien

» ayant découvert dans son esclave un
» *franc-maçon*, le prit dans une haute
» faveur, et bientôt après le rendit à la
» liberté.» Qui sait, maintenant, ajouta
le jeune avocat, en redoublant d'instances près de son ami, « qui sait si les
» chances incalculables de la guerre ne
» peuvent pas vous jeter dans une po-
» sition identique à celle du malheu-
» reux Hambourgeois?... Combien alors
» ne vous estimeriez-vous pas heureux,
» si votre initiation à des mystères qui
» dans ces derniers temps ont peut-être
» été trop tournés en ridicule, pou-
» vait vous obtenir l'assistance de quel-
» que *franc-maçon*, l'engager à vous
» prendre sous sa protection fraternelle,
.» changer votre misérable condition,
» et enfin vous faire recouvrer une pré-
» cieuse liberté !»

Les raisonnemens pressans du jeune

avocat, sa logique concluante, surmon-
tèrent les préventions du *chevalier de
Sainte-Maure ;* il promit à son ami de
se présenter à la *loge* dans un bref dé-
lai, et consentit à être inscrit comme
aspirant de l'ordre.

Quelques jours seulement s'étaient
écoulés depuis la conversation de ces
deux intimes amis, sur les avantages
mystiques de la *maçonnerie,* lorsqu'un
dimanche, vers midi, quelques voisins
du *comte de Sainte-Maure* remarquè-
rent que, ni lui, ni personne de sa
maison n'avaient été vus se rendant à
la messe, devoir que la famille avait
toujours rempli religieusement. Vers
les huit heures du soir, *Darancourt* et
de Valmont se rendirent chez leur
ami, dans l'intention de passer quelques
heures en famille. Les coups répétés
qu'ils frappèrent à la porte demeurant

sans réponse, l'alarme se répandit dans le voisinage, par la complication de deux circonstances aussi extraordinaires. Après quelques minutes de délibération, la porte de la rue fut enfoncée, et les spectateurs furent frappés d'horreur, lorsqu'en se précipitant dans les appartemens, ils découvrirent les corps du *comte et de la comtesse de Sainte-Maure*, de deux suivantes, et d'un domestique, privés de vie !.... Une première inspection des lieux fit découvrir qu'un nécessaire, appartenant au comte, et supposé renfermer des bijoux de valeur, avait été forcé, et ce qu'il contenait, volé. *Darancourt,* dont l'attachement pour toute cette famille était connu, et qui l'avait encore prouvé dans plusieurs occasions récentes et importantes, parut devenir fou de chagrin. Pendant long-temps ses facultés de penser, de

parler et d'agir, semblèrent paralysées :
revenu enfin à la raison, et au souvenir
de cette horrible catastrophe, il se précipita hors de la maison, dans une an-
goisse impossible à décrire, et s'écriant :
«Mon ami !.... mon ami !.... où est
le plus cher de mes amis ?....»

C'est alors que les voisins effrayés
commencèrent à se demander l'un à
l'autre si l'on avait quelques nouvelles
du *chevalier*. Au milieu de la confusion
horrible produite par cette scène tragique, personne n'avait songé à faire
cette question, si naturelle cependant;
ou si elle s'était présentée un instant à
l'esprit de quelques spectateurs, elle
s'était évanouie aussitôt dans le nombre
des pensées bien autrement terribles
qui les frappaient d'étonnement et d'é-
pouvante. On fit sur-le-champ les recherches les plus actives dans toute la

ville, et *de Valmont*, dont la présence
d'esprit, dans cette affligeante circonstance, formait un contraste parfait avec
l'agitation et le désordre de son ami
Darancourt, les dirigea lui-même ; mais
elles furent inutiles ; nul ne put donner
les moindres renseignemens sur le jeune
chevalier de Sainte-Maure.

Cette tragique affaire appela promptement l'investigation des magistrats de
la cité, qui, après l'enquête la plus sévère et la plus minutieuse, déclarèrent
unanimement qu'un fatal concours de
circonstances et de présomptions les
plus graves s'accordaient pour désigner
le *chevalier*, comme l'infâme auteur de
ce meurtre parricide et du vol qui l'a-
vait suivi. Ce qui tendit principalement
à fortifier la conviction de son crime,
fut un couteau, sur lequel les initiales
de son nom étaient gravées, et qu'on

trouva couvert de sang dans le corridor voisin de cette scène de carnage. Bref, il parut de la dernière évidence que ce couteau avait été l'instrument dont le meurtrier s'était servi pour consommer son crime.

Il fut également prouvé par le banquier du *comte*, que ce dernier avait l'habitude de renfermer dans son nécessaire des diamans d'une grande valeur, en quoi consistait la meilleure part de sa fortune actuelle; et que, toutes les fois qu'il s'absentait de *Bruxelles* pour quelque temps, il avait pour usage constant de le déposer à sa caisse, pour plus grande sûreté.

Une grande récompense fut promise à celui qui parviendrait à procurer l'arrestation du chevalier; mais pendant plusieurs jours il fut impossible de recueillir le moindre indice qui pût mettre sur ses traces.

Le sixième jour qui suivit ce fatal événement, un propriétaire des faubourgs résolut de faire nettoyer un puits, dont l'eau profonde et stagnante était devenue malfaisante. Des ouvriers furent appelés, et tandis qu'ils étaient occupés à enlever la vase dont il était encombré, ils découvrirent le cadavre d'un homme!... Il fut bientôt certain que c'était celui du *chevalier de Sainte-Maure*... Une cour d'enquêtes, ressemblant en quelque sorte à celle du *coroner* en Angleterre, fut formée. Plusieurs médecins et chirurgiens distingués reçurent ordre d'en faire partie, dans l'intention de constater de la manière la plus formelle, si la mort du *chevalier* avait pour cause des violences exercées sur lui, ou si elle paraissait l'effet d'un suicide.

Parmi tous ceux qui se hâtèrent avec

anxiété d'aller voir le corps, on distinguait l'inconsolable *Charles Darancourt*, l'ami, le compagnon de cœur du défunt. Lorsqu'il entra dans la chambre, sa démarche était convulsive... Saisissant avec passion la main glacée de son ami, et la pressant sur son cœur, il parut pendant long-temps en proie à toutes les angoisses d'un désespoir inexprimable. Le corps fut dépouillé de ses vêtemens, examiné avec la plus grande attention, mais nulle blessure, la plus légère contusion, ne donnèrent à penser qu'il fût tombé sous les coups d'un assassin... Les membres de la cour d'enquêtes furent long-temps irrésolus sur la décision qu'ils devaient porter; mais ils conclurent, à la fin, que le défunt devait s'être précipité lui-même dans le puits, entraîné par le désespoir soudain qu'un crime aussi horrible que le

sien avait pu faire naître dans son âme.
En conséquence, la mémoire de ce
malheureux jeune homme, déjà flétrie
de la triple accusation de *vol*, *meurtre*
et *parricide*, allait encore l'être de celle
infamante de *suicide*, lorsqu'un des
professeurs de chirurgie présens, après
un nouvel examen du corps, appela
l'attention de ses collègues sur une légère piqûre, qu'il venait d'apercevoir
au côté gauche du défunt; elle n'ex-
cédait point en grandeur une pointe
d'épingle, et offrait une importance si
minime, que le plus étonnant était,
non pas qu'elle eût échappé à la plus
minutieuse recherche, mais qu'elle eût
été enfin aperçue. Un grand nombre
des membres de la faculté regardèrent
comme ne méritant pas une plus sé-
rieuse attention un indice aussi léger;
mais la minorité, voulant donner suite

à quelques doutes qui s'étaient élevés dans son esprit, procéda à l'ouverture du corps. Il s'ensuivit une découverte aussi extraordinaire qu'embarrassante. On suivit avec attention la trace de la piqûre qui pénétrait intérieurement, et en examinant le cœur, il fut clairement prouvé qu'il avait été percé dans son centre par un instrument excessivement aigu, et dont la direction correspondait exactement avec la piqûre extérieure. Toutes les conjectures sur les singuliers moyens employés pour commettre un homicide si nouveau, et sur le vrai meurtrier, ne conduisirent à rien. Il fut seulement et heureusement démontré que le *chevalier* ne pouvait s'être suicidé; mais qu'il avait été, ainsi que ses infortunés parens, l'objet et la victime d'un crime, pour la conduite et l'exécution systématique duquel une habileté diabolique avait été déployée par son sanguinaire auteur.

Darancourt, dont les esprits parurent alors se ranimer, observa, avec une admirable énergie, que nul ne pouvait raisonnablement douter que son malheureux ami ne fût parfaitement innocent de tous les crimes dont il était inculpé. Il insista particulièrement sur la fatale circonstance du couteau trouvé dans le corridor, et prouva qu'elle pouvait être facilement expliquée, par la supposition très-naturelle qu'il avait été pris dans la poche du *chevalier* après son assassinat, teint de sang à dessein, ou, peut-être, qu'il avait servi d'instrument pour accomplir le crime sur le reste de la famille, et ensuite avait été jeté sur le lieu même par le meurtrier, dans l'intention de faire tomber les soupçons sur celui auquel il appartenait. Dans une improvisation aussi brûlante que généreuse, il se récria amèrement contre le jugement des magistrats, qui, par une décision aussi prompte qu'unanime, avaient si légèrement voué la mémoire de son ami à un opprobre éternel. — Puis, en appelant avec ingénuité au bon sens de ses auditeurs, il leur demanda s'il n'était pas de la dernière improbabilité qu'un homme, assez profondément scélérat pour mûrir et exécuter un crime aussi atroce sur sa propre famille, et dépouiller ensuite froidement la maison de ce qu'elle avait de précieux, fût assez sous l'influence d'un remords subit ou d'une précipitation inutile pour laisser derrière lui l'instrument et le seul témoin qui pût déposer de son crime. Mais l'éloquence de l'orateur était superflue pour convaincre le pu-

blic de l'innocence du jeune militaire...
Il fut déposé dans le même tombeau
que ses infortunés parens, et les obsè-
ques de ces victimes d'un crime inouï
furent honorées de la présence de tout
ce qu'il y avait de plus respectable dans
Bruxelles.

Quelques semaines se passèrent, cet
horrible assassinat était impuni, et le
mystère qui l'enveloppait ne pouvait
être percé... Cette affaire cessait enfin
d'être le sujet général de la conversation dans toute la ville de *Bruxelles*,
lorsque tout à coup quelques papiers,
trouvés par hasard dans le tiroir secret
d'une écritoire, dernière propriété du
chevalier de Sainte-Maure, réveillèrent
l'attention assoupie. Ces papiers étaient
des lettres originales qui lui étaient
adressées par *Théodore de Valmont;* et
copies d'autres lettres en réponse à cel-

les-là avaient même rapport à une affaire de cœur, d'une nature très-déli-
cate en apparence, et dans laquelle il
était évident que les deux jeunes gens
avaient été chaudement et particulièrement intéressés. Il résultait de ces renseignemens, que *de Valmont* avait
conçu le plus profond attachement pour
une jeune personne nommée *Émilie
Duplessis*, qui, réunissant au plus haut
degré les qualités de l'esprit et du
cœur à tous les charmes répandus
sur sa personne, excitait et méritait
l'estime et l'admiration de tous ceux
qui avaient le bonheur de la connaître;
que mademoiselle *Duplessis* payait *de
Valmont* d'une affection égale à la
sienne; mais que d'anciens différends,
divisant les familles, les deux amans
s'étaient déterminés à cacher soigneusement leur amour à tous les yeux, à

l'exception de *Darancourt* et du *chevalier*, auxquels *de Valmont* l'avait confié sous le sceau du plus inviolable secret. Il parut aussi que le *chevalier*, comme confident intime, ainsi que *Darancourt*, de la passion de son ami, avait eu plusieurs fois occasion de voir mademoiselle *Duplessis*; que son cœur, trop susceptible et trop inflammable, n'avait pu résister à tant de charmes, et qu'il s'était vainement efforcé depuis d'arracher de son cœur l'amour qui le consumait pour l'aimable objet de la tendresse de son ami.

Esclave de l'honneur, honteux de sa propre faiblesse, il en avait ingénûment fait l'aveu à *Darancourt*, lui déclarant en même temps de la manière la plus solennelle qu'il aimerait mieux mourir que conserver des sentimens injurieux pour un ami tel que *de Valmont*, dont il pouvait envier le bonheur, mais qu'il chérissait encore plus. C'est de bonne foi qu'il avait fait ce serment. Cependant, quelques précautions, quelques déterminations qu'il eût prises, il ne put vaincre la passion que lui avait inspirée une personne si digne de son adoration.

Quoique mademoiselle *Duplessis*, par délicatesse, eût soigneusement évité de paraître instruite de la véritable nature des soins du *chevalier*, et surtout d'en avertir *de Valmont*, ce dernier s'était bientôt aperçu de la malheureuse passion de son ami; et cette découverte avait donné lieu à la correspondance dont on vient de parler. Les extraits suivans, écrits de la propre main de *de Valmont*, excitèrent des sensations peu ordinaires dans l'âme de tous ceux qui en eurent connaissance.

« Il serait inutile, mon cher *Ernest*, de vous dire par quelle circonstance particulière j'ai appris que votre cœur nourrissait pour mademoiselle *Duplessis* des sentimens d'une nature autre que celle justifiée par votre introduction près d'elle, comme ma *fiancée* et *future épouse*. Long-temps j'ai voulu lutter contre l'évidence et douter d'une conduite aussi extraordinaire et qui m'a causé, pour vous, plus de douleur que je ne puis l'exprimer ! — Vous me connaissez assez pour être convaincu qu'indépendamment de tout autre motif, le sentiment personnel de ce que je dois à mon propre honneur était suffisant pour m'engager à *appeler la plus terrible vengeance sur la tête de celui qui aurait osé se prévaloir de ma confiance sans bornes pour tâcher de m'enlever l'affection de mon adorée Émilie*. Persuadé

cependant, autant que je puis l'être,
que votre cœur est incapable de donner
suite à des sentimens injurieux pour
votre ami, je veux raisonner avec vous.
comme avec un frère : j'ai l'espoir, que
dis-je ! la conviction intime, que si,
comme un second *Araspe,* vous avez
été entraîné par le délire de la passion
dans une erreur passagère, vous vou-
drez, comme lui, en triompher et vous
rendre encore plus digne, par cette
conduite, de l'ardente et sincère amitié
qui a toujours animé pour vous le cœur
de *Théodore de Valmont.* »

Plusieurs passages de lettres, d'une
date subséquente, prouvaient que de
nouvelles exhortations de *de Valmont*
avaient été nécessaires : les réponses
qu'elles avaient provoquées montraient
plutôt les combats intérieurs que se
livraient les sentimens du *chevalier,* et

la certitude qu'ils étaient offensans pour son ami, qu'une résolution bien arrêtée et mise à exécution de vaincre son amour pour mademoiselle *Duplessis.*

Ces renseignemens furent communiqués par le frère du *comte* assassiné à quelques parens et amis intimes de la famille. En l'absence de toute preuve, même de tout soupçon contre qui que ce fût, ils ne pouvaient manquer de faire naître des préventions défavorables contre *Théodore de Valmont.* « Qui pouvait, disaient-ils, être poussé par des motifs de vengeance plus violens contre le *chevalier,* que l'auteur des lettres trouvées dans son écritoire ?.... »

Il était difficile d'expliquer pourquoi toute une famille avait été sacrifiée, la maison pillée, si l'assassin n'était conduit que par un esprit de vengeance contre un seul de ses membres ; mais comme il est impossible de calculer toutes les conséquences de cette passion délirante, on résolut de s'assurer immédiatement de la personne de *Théodore de Valmont*, et de porter une plainte criminelle contre lui. En conséquence, un matin il fut arrêté dans son lit, et, après avoir subi un interrogatoire secret devant la police, conduit en prison, en attendant qu'on lui fît son procès, *comme assassin du comte, de la comtesse et du chevalier de Sainte-Maure, et de leurs domestiques.*

Plusieurs de ceux qui avaient suivi *de Valmont* et son ami, à la maison du *comte,* le soir même de l'assassinat, ne manquèrent pas de se rappeler alors que les symptômes d'horreur et de surprise manifestés par le premier à la vue des cadavres, différaient entièrement de ceux exprimés par *Daran-court*. Celui-ci avait montré toute la douleur, toute la frénésie du désespoir qu'il était naturel d'attendre d'un ami aussi intime de cette famille, tandis que *de Valmont*, au contraire, quoique en apparence fortement ému de cette horrible scène, n'avait laissé échapper aucune exclamation violente, et paraissait plus calme et plus réfléchi qu'aucune des personnes présentes.

Il était vrai de dire, cependant, que long-temps encore après cette terrible catastrophe sa santé parut avoir éprouvé un choc terrible ; mais, ce qui d'abord avait été considéré comme le résultat de l'affection et de la douleur d'un ami fut alors attribué aux remords d'une conscience bourrelée, qui cherche en vain le repos. Une coïncidence singulière fortifiait encore les présomptions de son crime. Il avait refusé, quoique tendrement pressé par *Darancourt*, d'assister à l'examen du corps de son ami, alléguant que, puisque sa présence était inutile, il désirait qu'on lui épargnât l'agonie d'une scène à laquelle il se trouvait si mal préparé, dans l'état de faiblesse et d'abattement où étaient ses esprits. Quelle différence entre cette conduite et celle de *Darancourt !....* Non-seulement il était présent, mais, avec une énergie aussi louable que touchante, il avait surmonté un moment sa profonde affliction et déployé tout le pouvoir d'un esprit supérieur pour accomplir la consolante tâche d'arracher à une ignominie éternelle la mémoire si chérie de son malheureux ami !....

Chaque jour parut ajouter des preuves nouvelles aux preuves du crime

dont *de Valmont* était accusé. Deux
particuliers, revenant d'une partie de
plaisir la nuit même de l'assassinat,
avaient rencontré et reconnu *de Val-*
mont dans le voisinage de la maison du
comte, et il avait cherché à éviter leur
rencontre : mais, ce qui achevait de
porter au plus haut degré la conviction
de son crime dans tous les esprits, c'é-
tait la déclaration d'une femme de
chambre, d'un caractère irréprochable,
et qui déposait se ressouvenir parfaitement qu'elle avait lavé pour le prisonnier, peu de jours après l'événement,
une chemise dont la manche droite
était imbibée de sang.

De Valmont, dans un second interrogatoire, sommé d'expliquer son appa-
rition dans le voisinage de la maison
du *comte*, la nuit en question, hésita
d'abord ; mais, pressé sur ce sujet, il dit.

avec un embarras manifeste, qu'il venait de rendre visite à un ami. — Mais quel était cet ami?... Il refusa positivement de le nommer. Lorsqu'il voulut aussi se justifier sur les marques de sang trouvées sur la manche de sa chemise, son explication parut tellement improbable, qu'un des officiers de police ne put s'empêcher de faire remarquer que la divine Providence semblait elle-même intervenir pour la punition du coupable, en permettant qu'un esprit aussi supérieur et aussi cultivé que celui du prisonnier ne pût trouver aucune idée pour pallier les charges amassées sur sa tête. La prévention du public était si forte contre lui, qu'il se trouva convaincu et condamné par l'opinion générale avant que son jugement ne fût prononcé par les magistrats.

Immédiatement après l'arrestation

de son ami, *Charles Darancourt* se chargea de la triste commission de l'apprendre à mademoiselle *Duplessis*, ce qu'il fit avec adresse et une délicatesse extrême. Malgré ses précautions cependant, l'affliction de cette infortunée fut si profonde, qu'une fièvre violente la saisit, et pendant plusieurs jours on eut peu d'espoir de la sauver. Dans ses momens de délire, elle découvrit à son père non-seulement le secret de leur mutuel amour, mais elle avoua que, depuis peu, un mariage secret l'unissait à son bien-aimé *de Valmont*. Ce fait fut bientôt reconnu certain par le témoignage du prêtre qui leur avait donné la bénédiction nuptiale. Mais *Théodore de Valmont* resta toujours dans la plus complète ignorance des aveux faits par sa malheureuse épouse.

La jeunesse de madame *de Valmont*

et les soins éclairés des médecins per-
mirent à la fin d'espérer qu'elle allait
entrer en convalescence. Le général
Duplessis était resté veuf dans l'automne
de sa vie, avec deux garçons et une fille.
Les jeunes gens entrèrent au service de
bonne heure, et trouvèrent sur le champ
de bataille une mort glorieuse. Retiré
du tourbillon du monde, devenu trop gai
pour ses tristes souvenirs, le respectable vétéran puisait sa seule consolation
dans la surveillance de l'éducation de
sa chère *Émilie*. Instituteur aussi éclairé
que père tendre et affectueux, il voyait
avec orgueil croître sa fille riche de
vertus et des plus séduisans attraits.
Pour un tel père, la découverte de la
fatale passion qui s'était emparée du
cœur de son unique enfant devait être
un coup aussi terrible qu'inattendu ;
car, bien que la longue inimitié qui

avait divisé les deux familles fût assoupie, peut-être même entièrement étein-
te, l'idée d'une alliance avec un mons-
tre tel que *Théodore de Valmont* était
trop affreuse, trop humiliante, pour
pouvoir être supportée. Le cœur du
général fut déchiré, et ni les soins ni
les consolations empressées de ses amis
inquiets ne purent verser le moindre
baume sur ses blessures.

Le jour impatiemment attendu où
le jeune *de Valmont* devait subir son
jugement se leva enfin. Mais, en en-
trant dans son cachot pour le conduire
à la Cour de justice, il fut trouvé vide,
au grand étonnement et désappointe-
ment des geôliers de la prison.

De Valmont avait miné les murs de
son cachot à l'aide d'un instrument
aigu; et, avec une adresse et une audace
singulières, escaladant les murs de la

prison, au risque de la vie, il avait pris la fuite, en laissant une lettre adressée à mademoiselle *Duplessis*. Le concierge de la prison se crut suffisamment autorisé à l'ouvrir et à en prendre connaissance avant de la remettre à son adresse. Elle contenait ce qui suit :

« C'est avec l'âme en proie aux plus déchirantes sensations, un esprit accablé sous le poids de déplorables événemens dont je suis la victime innocente, que je me hâte de vous adresser pour la dernière fois, peut-être, ô mon *Émilie* adorée, les tendres épanchemens d'un cœur qui, jusqu'à son dernier soupir, ne cessera de battre pour vous : pour vous ! seul objet de sa sincère affection, comme de son plus ardent amour.

» Si le souvenir des heures fortunées que j'ai passées près de vous, d'une

tendresse égale à la mienne, et fondée
sur votre conviction de mon honneur
et de ma probité, rendent inutiles pour
vous, mais pour vous *seule*, la justification des crimes de vol et de meurtre
dont je suis accusé, elle est incontes-
tablement due à la justice publique.
J'espère qu'il sera bientôt en mon pouvoir de la lui donner, et, en démontrant
clairement mon innocence, de me faire
pardonner aussi ma fuite. Ce seul espoir me soutient et me fait tenir encore
à la vie..... Et vous, mon *adorable
Émilie !* vous, si chère à ce cœur brû-
lant d'amour, vous ne me reverrez plus;
je cesserai de vous écrire ; aucune correspondance ne me rappellera au souvenir de ma famille ou de mes amis,
jusqu'à l'heure plus heureuse (si elle
sonne jamais pour moi) où la fatale
destinée, prête à me sacrifier sur l'autel

des préjugés et de la justice aveugle des hommes, cessera de peser sur ma tête, et me permettra de me présenter pur et toujours digne de leur amitié, comme de votre amour.

» Et maintenant, trop chère moitié de moi-même, adieu !... adieu !... le temps presse, je dois tout préparer pour ma fuite.... O céleste Providence ! je t'implore pour mon *Émilie*, pour ces parens chéris, noyés dans la douleur et dans les larmes !.... J'offre à mon inestimable ami *Darancourt* les plus affectionnés souvenirs. Depuis longues années, les plus secrets replis de mon cœur lui ont été dévoilés; il sait quelle immense distance sépare ce cœur de celui d'un voleur et d'un vil meurtrier ! Je le supplie donc, par les tendres liens de notre amitié passée, par ceux non moins chers qui nous unissaient à notre infortuné *Ernest*, de me croire, comme je proteste solennellement l'être, entièrement innocent de fait et de pensée des crimes atroces et déplorables qui me sont imputés.

» Mon *Émilie* chérie, pour la dernière fois, adieu !... Tandis que j'écris, le jour commence à paraître;... pour toujours à toi,.. uniquement à toi seule, sera l'infortuné

» *Théodore de Valmont.*»

Une copie authentique de la lettre précédente fut déposée au greffe de la justice criminelle, et l'original remis à l'inconsolable madame *de Valmont.* La police employa vainement tous les moyens de ressaisir le fugitif, il trompa toutes ses recherches, et personne ne put découvrir où il avait trouvé un refuge assuré.

La lettre de *de Valmont* produisit un

effet favorable sur l'esprit de sa famille et de ses amis, ébranlés par les preuves accumulées de son prétendu crime. Ils commencèrent à espérer que le véritable assassin serait découvert par les soins infatigables de *Darancourt*, qui employait de nombreux agens dans toutes les directions ; ou que *de Valmont*, lui-même, trouverait les moyens de rendre sa justification complète. Divers bruits, qui circulèrent en même temps dans la ville, sur la prochaine et volontaire présence de *Théodore*, semblèrent donner encore plus de réalité à ces espérances. Le général *Duplessis*, long-temps inexorable, finit par pardonner à son infortunée fille, l'union clandestine qu'elle avait formée sous d'aussi malheureux auspices ; mais il se refusa constamment à toutes démarches amicales envers la famille du fugitif dés-

honoré. Environ six semaines après l'é-
vasion de *Théodore*, le général fut at-
taqué d'une maladie qui le conduisit
en peu de jours au tombeau. Il expira
dans les bras de son unique enfant, et
laissa à madame *Théodore* une fortune
considérable.

Bientôt après la mort de son père,
cette femme si infortunée s'aperçut
qu'elle était dans une situation qui ne
pouvait manquer d'appeler, au plus
haut degré, sur elle, tous les soins et le
tendre intérêt du *colonel* et de madame
de Valmont ; et, un peu moins de sept
mois après la fuite de son époux adoré,
elle donna le jour à un enfant charmant.
M. et madame *de Valmont* quittèrent
peu, dès lors, la maison de leur belle-
fille, et trouvaient un bonheur mélan-
colique à rechercher l'étonnante res-
semblance de leur malheureux fils avec

son premier-né. De nouveaux bruits coururent encore, à cette époque, sur le prochain retour de *de Valmont;* et sa famille, sans connaître d'où ils prenaient leur origine, saisit avidement cet espoir de voir éclater enfin son innocence. Ce fut sous cette influence consolante que sa triste épouse acquiesça aux instances réitérées de son beau-père et de ses proches parens de célébrer publiquement, en famille, l'époque du baptême de son fils. Cette so-solennité donnait aussi plus de consistance aux bruits favorables qui circulaient en faveur de *Théodore de Valmont.*

Charles Darancourt fut choisi pour être le parrain du nouveau-né, et au repas qui suivit la cérémonie du baptême, après avoir bu à la santé de la mère et de l'enfant, il remplit de nouveau son verre, et avec une indicible émotion porta le toast suivant : « *A l'heureux retour du père, et puisse son innocence être hautement démontrée !* » ...

Peu de jours après, le *colonel de Valmont* obtint de sa belle-fille de venir prendre un logement dans la maison qu'il habitait ; dans l'espoir d'obtenir quelques nouvelles de son malheureux fils, il fit insérer un article dans divers journaux étrangers. Cet article, annonçant la naissance et le baptême de son petit-fils, était conçu dans les termes les plus propres à réveiller de tendres sensations dans le cœur de son père fugitif. Il contenait, en outre, les particularités les plus minutieuses sur la naissance de cet enfant, et sur toutes les circonstances qui avaient eu lieu depuis.

Il parut bientôt que *Théodore de Valmont* avait lu et parfaitement compris l'objet de ce paragraphe ; car l'éditeur du Journal de Bruxelles reçut, par la poste de Hollande, une lettre anonyme renfermant quelques stances, sur le sens desquelles il était impossible de se méprendre. Elles furent insérées dans le journal du jour, à la requête de l'auteur anonyme, et ce qui suit en est la traduction littérale :

BALLADE.

Quel est cet enfant nouveau-né,
Balancé comme un lis sur le sein de sa mère ?...
Tous les yeux attristés cherchent en vain son père...
Quand de tous ses parens il est environné !

Les convives sont réunis !...
Pourquoi, si le plaisir bannit les jours d'alarmes,
D'une épouse les yeux sont-ils noyés de larmes ?
Seul, l'époux de son choix près d'eux n'est point assis.

L'enfant, béni par son aïeul,
Reçoit encor les soins d'une seconde mère ;
Mais son père, accablé d'une douleur amère,
Ne peut, au premier-né, sourire avec orgueil.

Du cerf agile et vigoureux
On suit, au fond des bois, la trace si légère !...
En vain tous ont volé sur celle de ton père...
Amis, comme ennemis, il est perdu pour eux !...

Poursuivi du cruel autour,
L'oiseau, qui fuit au loin, retrouve sa couvée....
Ta jeunesse, déjà, du malheur éprouvée,
De ton père exilé ne voit pas le retour.

Toi, cependant, sèche tes pleurs....
La fierté d'un époux ne peut être abaissée...
Sur le bord de l'abîme on a vu, délaissée,
La victime, du sort ressaisir les faveurs.

Sans espoir, un léger malheur
Par un tourment secret, nous ronge et nous dévore ;
Mais un cœur affermi brille bien plus encore,
Quand, sur lui, le destin redouble de fureur.

Le temps a fui rapidement.
La jeune mère, en proie à sa douleur mortelle,
Cherche pour son enfant la maison paternelle....
Un rayon de bonheur a lui pour un moment.

As-tu donc perdu pour toujours
Ces deux objets si chers à ta vive tendresse ?
Père, époux malheureux !... n'as-tu, dans ta détresse,
Qu'exil pour avenir, *et la mort* pour secours ?...

Plusieurs mois s'écoulèrent ainsi, et les amis de l'infortuné *Théodore* espéraient toujours en son prochain retour; vaine attente !... Son sort était toujours enveloppé d'un mystère impénétrable !... Mais au moment même où ils semblaient perdre toute espérance, un incident nouveau fit croire qu'on pourrait enfin parvenir à connaître le véritable assassin.

Par une nuit noire et orageuse, un des commis préposés à la garde des barrières de la ville arrêta un chariot : il ne contenait aucune contrebande; mais en fouillant la voiture, un petit coffre tomba par terre sans qu'on s'en aperçut, et l'une des roues passa dessus. Il fut exactement brisé en mille morceaux, et ce qu'il contenait dispersé sur la route. Le hasard voulut que le commis de la barrière fût l'ancien domestique du malheureux *chevalier de Sainte - Maure*, qui avait été lui-même arrêté et interrogé comme soupçonné de l'assassinat. Mais, bien que son innocence eût été reconnue, l'énormité du crime dont il avait été accusé l'avait rendu (comme cela n'arrive que trop en pareil cas) un objet de défiance aux yeux de ses concitoyens; et depuis, il lui avait été impossible de trouver à se placer dans aucune maison respectable. Il était temps qu'un de ses parens éloignés parvînt, avec beaucoup de peine, à lui obtenir un emploi aux barrières, car il allait être prochainement réduit à la fâcheuse alternative de subsister des secours précaires de la charité publique, ou de mourir de faim. L'état qu'il exerçait était peu propre à faire naître en lui des sentimens de bienveillance; mais son bon naturel n'avait pas encore été gâté entièrement par le malheur et la dureté inséparable de sa profession.

Il s'empressa donc d'aider le voiturier dans la recherche des objets contenus dans le coffre brisé ; quelle ne fut pas sa surprise en trouvant, dans le nombre, une grosse épingle en diamans, qu'il reconnut sur-le-champ pour avoir appartenu au défunt *comte de Sainte-Maure*. Il examina de rechef cette épingle avec la dernière attention : sa mémoire ne pouvait le tromper, car l'éclat extraordinaire de ce bijou avait souvent excité son admiration dans des jours plus heureux... La saisie immédiate du diamant, et l'arrestation du voiturier, fut le résultat naturel d'une telle découverte.

Le voiturier, traduit dès le lendemain devant un juge d'instruction, et requis de s'expliquer, déclara qu'il n'avait jamais eu aucune connaissance de l'épingle de diamans jusqu'au moment où elle avait été trouvée par le commis des barrières ; qu'il avait été simplement employé par un particulier de la ville, pour transporter quelques caisses et divers autres articles à une maison de campagne située à environ un mille de Bruxelles. Sommé de désigner la personne qui l'avait chargé de ce transport, il répondit sans hésiter : « *C'est M. Darancourt le jeune, demeurant sur la Grande-Place.* »

Ce jeune homme fut arrêté sur-le-champ, et bientôt il fut décidé que son procès lui serait fait, comme complice de *Théodore de Valmont*, dans l'assassinat du *comte de Sainte-Maure* et de *sa famille*, et le *vol* commis dans la maison.

Le commis, après avoir certifié l'identité de l'épingle, déposa qu'il avait été présent lorsqu'un jour le *chevalier* pria son père de lui donner ce bijou; mais que le *comte* lui avait fait observer que, provenant d'un ami défunt qu'il chérissait tendrement, il ne pouvait se séparer de ce dernier souvenir.

Un gentilhomme, d'un caractère et d'une réputation respectables, déclara que, le soir même qui précéda la soudaine disparition du *chevalier* et le meurtre de sa famille, il avait vu *Ernest de Sainte-Maure* au moment d'entrer dans la maison de *Darancourt*. Les trois seuls domestiques demeurant dans la maison du jeune avocat déposèrent que, le même jour après dîner, leur maître leur avait donné une grande quantité de commissions et à des distances si éloignées, soit dans soit hors la ville, qu'ils n'avaient pu rentrer que fort tard au logis.

Cependant, certaines circonstances

semblaient atténuer la force de ces dépositions. Le commis avait été lui-même soupçonné et arrêté comme auteur ou complice du crime dont le prisonnier était maintenant accusé. Et, chose remarquable, le gentilhomme qui déposait avoir vu entrer le *chevalier de Sainte-Maure* chez *Darancourt*, était en hostilité ouverte avec le jeune avocat, au sujet d'un procès qui avait eu lieu récemment entre eux.

Charles Darancourt, suivant l'exemple de plusieurs accusés que l'histoire a rendus célèbres, et qui, forts de leur innocence, voulurent confondre euxmêmes leurs vils accusateurs, plaida luimême sa cause. Examinant d'abord les diverses dépositions des témoins, il les combattit avec une modestie convenable à la solennité de l'affaire, mais en même temps avec une telle adresse et une telle force de raisonnement, qu'il parut se défendre, plutôt pour obéir et rendre hommage à la justice, que pour son salut particulier; et il fut suivi de l'intérêt et de l'attention de son nombreux auditoire dans toutes les parties de sa défense.

Quoique l'évidence des principales charges ne fût pas détruite, cependant l'accusation était incertaine sur plusieurs points. Soit conviction de l'innocence de l'accusé, soit cette timidité dont les meilleurs esprits ne peuvent souvent se défendre devant l'investigation sévère et publique de la justice, soit ignorance ou enfin toute autre cause, les témoins contredirent plus d'une fois leurs précédentes déclarations, en répondant aux questions que leur adressait l'accusé. Le commis, obligé d'avouer qu'il avait été lui-même sous le coup de la prévention qui pesait maintenant sur le prisonnier, déclara aussi que, de tous les hommes vivans, *Darancourt* eût été le dernier qu'il eût soupçonné du meurtre du *comte* et de *sa famille*, tant il avait des preuves nombreuses de l'amitié que l'accusé leur avait toujours portée.

Dans un second plaidoyer, l'accusé fit encore une plus forte impression, par la peinture touchante et pathétique de toutes les scènes de sa vie, depuis sa tendre enfance jusqu'au jour funeste où le crime avait été commis : il démontra combien il était improbable et moralement impossible que, dans la fleur de l'âge, et au moment où l'avenir s'ouvrait à lui riche d'espérances, il eût ainsi massacré le compagnon de son enfance et l'ami choisi par son cœur. Il jura solennellement que l'épingle était un présent du *comte de*

Sainte-Maure; il fit ressortir avec force les contradictions des témoins, et finit par implorer la Cour de surseoir à son jugement, et de réfléchir sérieusement sur le témoignage de pareils individus. Il insista plus particulièrement sur celui du commis, et demanda si la déposition d'un tel homme, soupçonné lui-même d'être le meurtrier, pouvait un seul instant être mise en balance avec l'honneur et la vie d'un être toujours irréprochable. Il termina par une péroraison si touchante sur les passions et les jugemens incertains des hommes, qu'elle arracha des larmes à la plus grande partie de ses auditeurs, et qu'ils se retirèrent persuadés de son prochain acquittement.

La Cour écouta sa défense avec la plus religieuse attention; pendant quelque temps elle parut irrésolue, et dis-

cuta chaudement sur la décision à intervenir. Plusieurs regardèrent cette
hésitation comme un indice positif
de l'acquittement de l'accusé. Mais,
si la balance de la justice avait paru un
moment fléchir en sa faveur sous le
poids du doute, elle se releva plus terrible. La valeur intrinsèque des diamans, le peu de probabilité qu'une personne d'une fortune aussi bornée que
le *comte de Sainte-Maure* eût fait un
don aussi considérable à quelqu'un qui
ne lui était uni que par les liens de l'a-
mitié, joints à la déposition positive du
commis et de plusieurs autres témoins,
toutes ces causes opérèrent une révolu-
tion des plus fatales pour le prisonnier.
Il fut déclaré *coupable*, et, en conséquence, *condamné à mort.*

Cette sentence causa une grande sen-
sation dans toutes les classes d'habitans

de la ville. Un grand nombre regarda cet arrêt comme étant de la dernière injustice ; et ceux même qui inclinaient à le croire coupable, disaient que, dans le doute où restaient plusieurs des circonstances de la cause, son acquittement aurait dû être prononcé.

Le condamné persista à protester solennellement de son innocence, et ses parens désolés, s'attachant encore avec avidité à l'espoir d'obtenir sa grâce, flottèrent en proie à une incertitude cruelle, qui, tantôt semblait leur offrir dans l'éloignement quelques brillantes lueurs d'espérance, et tantôt, comme l'ouragan impétueux qui renverse tout sur son passage, paraissait menacer la malheureuse famille d'une entière destruction, dans la personne de son dernier rejeton..... Aucune intervention légis-

lative n'eut lieu dans cette triste circonstance.

La nuit qui précéda le jour fixé pour
l'exécution du jugement, on fournit au
prisonnier les choses nécessaires pour
écrire..... Enfin sonna l'heure fatale
qui devait terminer la carrière à peine
commencée de *Darancourt*, et porter
son âme immortelle aux pieds de son
juge souverain.... Il fut conduit à l'é-
chafaud, suivi des gémissemens d'une
multitude immense qui se pressait sur
son passage, et dont les sentimens de
pitié et d'indignation étaient contenus
avec peine par le déploiement de la force
militaire.

A l'instant où le prisonnier vit qu'aucun répit ne pouvait plus lui être accor-
dé sur cette terre, et que sa mort était
désormais inévitable, il tira de son sein
un paquet cacheté, et, le confiant au

prêtre qui l'avait accompagné pour lui offrir, jusqu'au dernier moment, les consolations de la religion, il le pria de le remettre à son malheureux père, aussitôt après sa mort. Le prêtre avait à peine reçu ce dépôt, qu'un bruit confus s'éleva parmi la multitude assemblée, et qu'on aperçut un courrier élevant un papier dans sa main, et s'efforçant de percer les rangs serrés de la foule. Son cheval était haletant, couvert d'écume, et il était escorté de plusieurs gendarmes. Arrivé au pied de l'échafaud, il se précipita à bas de son cheval, s'élança sur la plate-forme et produisit l'ordre impérial pour surseoir à l'exécution.

L'air retentit soudain des joyeuses acclamations des spectateurs, et elles s'accrurent jusqu'à la folie lorsque le messager impérial, arrachant un bandeau qui l'empêchait d'être reconnu, montra, à la foule étonnée, les traits bien présens à tous de *Théodore de Valmont !...* Après avoir tendrement embrassé le prisonnier, il fit signe à la multitude qu'il désirait parler. A leurs clameurs succéda sur-le-champ le plus profond silence. Tous les yeux étaient fixés sur lui avec anxiété, et jamais, peut-être, ces paroles si descriptives du poète romain « *Intentique ora tenebant,* » ne trouvèrent une aussi juste application.

De Valmont s'exprima en ces termes : « Amis et concitoyens, permettez à un malheureux long-temps persécuté par un sort fatal et non mérité, de réclamer de vous, pour quelques instans, une indulgente attention. Si, par une fuite ignominieuse en apparence, j'ai semblé vouloir me soustraire au jugement dont j'étais menacé, bientôt, je l'espère, une explication publique et satisfaisante en fera connaître les motifs impérieux. Me voilà enfin de retour dans ma patrie, lorsque j'y étais le moins attendu, pour être confronté à mes accusateurs, et soumettre au jugement des lois ma vie et mon honneur. Me contenter de dénier un crime contre lequel la nature même se révolte ne serait pas assez pour moi; un sentiment profond de ce qui est dû à la justice publique, à ma famille, à mes amis, à mes connaissances, et enfin à ma propre réputation, m'ordonne de subir la tâche humiliante et inévitable d'un procès solennel. Jusqu'à ce moment je suis resté dans la plus profonde ignorance sur le mystère qui enveloppe encore un crime aussi atroce : je n'ai recueilli d'autres lumières que celles données par les papiers publics sur ces mêmes crimes et sur la prévention et la condamnation de mon estimable ami *Charles Darancourt*, pour lequel j'ai été si heureux d'obtenir un sursis.

» Qu'il soit aussi innocent de ce crime que moi-même, je ne puis un seul instant le révoquer en doute !.... Et pressé par ma tendresse et mon inquiétude pour le compagnon de ma jeunesse, j'ai quitté la retraite qui m'a si long-temps soustrait aux recherches actives de la police ; arrivé à Paris, je me suis jeté aux pieds de l'*empereur*. Je me suis fait connaître comme le complice prétendu du crime de mon ami ; j'ai expliqué les motifs qui m'avaient forcé à fuir une justice sévère et prévenue contre moi ; et j'ai supplié *sa majesté* d'accorder un sursis à mon ami, et de me placer moi-même sous la stricte surveillance

de la police, jusqu'à plus ample infor-
mation sur une cause si nouvelle et si
obscure.

» Ma déclaration et mes prières obtin-
rent un prompt succès : *sa majesté*
m'accorda non-seulement le sursis que
j'implorais, mais eut encore la bonté
d'ordonner que j'en serais moi-même
le porteur à *Bruxelles.*

» Je me remets donc moi-même, vo-
lontairement, suivant mes propres of-
fres, et les ordres de l'*empereur*, à la
garde des officiers de la police. Et j'ai
la ferme espérance que non-seulement
mon innocence, mais celle de mon ami
Darancourt seront bientôt clairement
et positivement établies. »

Lorsque *de Valmont* eut cessé de
parler, l'air retentit de nouveau des
joyeux *huzzas* de la multitude. Mais
Darancourt parut peu attentif à tout ce

qui s'était passé. On l'entendit seulement adresser de courtes actions de grâces à la Providence pour l'avoir sauvé si inopinément de la terrible peine qu'il avait encourue comme convaincu de meurtre et de vol; et, se retournant vers le prêtre, il le pria de lui restituer l'écrit qu'il lui avait confié. Le saint homme allait se rendre à son désir, lorsqu'un *gendarme* présent le lui arracha des mains et s'en saisit. Le prisonnier observa froidement l'arbitraire d'un tel fait, et déclara, de l'air le plus calme, que cet écrit ne contenait rien d'important, autre qu'une demande à son père relative à sa famille, et une itérative et solennelle protestation de son innocence. Le gendarme, néanmoins, refusa obstinément de se dessaisir du paquet, observant qu'il devait le déposer entre les mains de son commandant,

lequel, sans nul doute, se conduirait
avec toute la délicatesse et la circons-
pection que le cas pouvait paraître re-
quérir. *L'officier*, en recevant ce paquet,
crut de son devoir de le remettre au
magistrat supérieur, qui hésita, à son
tour, sur le plus ou moins de conve-
nance de l'ouvrir et de prendre connaissance de ce qu'il renfermait. En
attendant, *Théodore de Valmont* fut
placé sous la plus exacte surveillance,
sans qu'il lui fût permis de communi-
quer avec aucun membre de sa famille:
son ami *Darancourt* fut reconduit en
prison, où il devait attendre la décision
définitive de *l'empereur*. Il protesta,
par le conseil de ses amis et de ses dé-
fenseurs, contre l'ouverture de l'écrit
cacheté, surtout après son acquittement éventuel, mais il protesta en vain...
Par une délibération de la Cour, il fut

ouvert, et son contenu soigneusement examiné par les juges du procès. Au même moment, *Théodore de Valmont* publia une apologie des motifs qui l'avaient engagé à prendre la fuite, et entre autres choses on y lisait ce qui suit :

« Le ciel m'est témoin que je n'ai jamais conçu le plus léger sentiment de haine contre mon malheureux ami le *chevalier de Sainte-Maure*, ou le moindre dessein de lui nuire : loin de là, je le chérissais comme un frère. Orgueilleux, et bien certain d'être l'unique possesseur de la tendre affection de la jeune personne à laquelle je devais être uni sous peu de jours, ce fut seulement par égard pour l'honneur de mon ami, et non par des motifs d'une inquiète jalousie, que je crus devoir lui faire sentir la folie et l'inconvenance de sa conduite. Qu'une fatale destinée ait incriminé mes actions les plus innocentes, je ne puis le révoquer en doute, puisqu'il m'a été inutile de nier qu'aucun passage de mes lettres au *chevalier* pût être interprété d'une manière défavorable contre moi.

» Ma présence dans les environs de la maison du *comte*, la nuit même de cet horrible meurtre, et mes réponses évasives à ces premières questions si naturelles : « où alliez-vous?... de chez qui veniez-vous?.. » devaient, je l'avoue, ajouter aux soupçons qui pesaient sur ma tête.

» Cette nuit même, j'avais eu une entrevue secrète avec ma femme, dans le voisinage du château de son père, et cette entrevue s'était prolongée assez tard. Je retournais chez moi, et mon chemin direct était de passer près de l'hôtel du *comte de Sainte-Maure*. Là, je fus rencontré par deux de mes connaissances, que je cherchai à éviter, craignant leurs railleries sur ma promenade nocturne, ou qu'une indiscrète curiosité ne les fît s'enquérir d'où je venais à pareille heure. Mes réponses ambiguës devant la justice, à ce sujet, avaient pour motifs mon amour pour ma femme et la crainte que son père ne découvrît par là notre mariage secret. Et, quoique la suite des événemens m'ait prouvé l'inutilité d'une telle dissimulation, cependant je persiste à croire que l'honneur me commandait une telle conduite, et que je ne pouvais m'écarter de la ligne que je m'étais tracée pour assurer le repos d'une personne si chère.

» La déposition de la *femme de chambre* est vraie!... Mais il l'est aussi que les taches de sang aperçues sur la manche de ma chemise étaient la suite d'un accident qui m'arriva la même nuit. En voulant regagner la grande route de *Bruxelles* par un sentier plus court que le chemin ordinaire, une épine me blessa au poignet de la main droite, en franchissant une haie. Quoique légère, cette blessure saigna beaucoup ; c'est à cette circonstance seule que doit être attribué le sang aperçu sur ma manche, et qui a excité de si fortes préventions contre moi, surtout lorsque l'explication que j'en donnai pour lors fut repoussée par la justice comme entièrement improbable, et de toutes les excuses la plus faible et la plus ridicule.

» N'ayant pu réussir à atténuer, dans l'esprit de mes juges instructeurs, les principales charges qui s'élevaient ainsi contre moi, je fus naturellement convaincu qu'il en serait de même lors de mon procès. Voyant que je n'avais, pour les combattre, que mes seules asser-

tions, je ne révoquai point en doute que
le jugement qui serait porté ne me con-
damnât à une mort ignominieuse, que
le public, trompé comme la justice, re-
garderait juste et expiatoire de mes for-
faits.

» Ces amères réflexions me détermi-
nèrent à chercher mon salut, s'il était
possible, dans une prompte fuite. Je
puis être blâmé d'avoir raisonné ainsi:
je proteste, cependant, que c'est moins
la mort que la crainte d'un déshonneur
ineffaçable que j'ai voulu éviter. Si
j'eusse été convaincu et exécuté comme
voleur et meurtrier, toutes les recherches sur une affaire qui vouait ma mémoire à l'infamie eussent cessé pour
toujours; ainsi, l'innocent périssait, et
le coupable évitait la juste punition qui,
tôt ou tard, tombera sur la tête de l'auteur atroce de ces meurtres mystérieux.

J'étais résolu à ne revoir jamais mon pays qu'avec les preuves palpables de mon innocence. Mais, lorsque dans ma retraite inconnue j'ai appris le danger qui menaçait le plus cher de mes amis, lorsque j'ai su qu'il était poursuivi comme mon complice, toute pensée de sûreté personnelle a dû disparaître : je me suis hâté de me présenter comme accusé moi-même, et j'ai eu le bonheur d'obtenir un heureux sursis, en me jetant aux pieds de notre magnanime *empereur*. »

Peu de temps après la publication de l'écrit ci-dessus relaté, le contenu du paquet remis sur l'échafaud par *Darancourt* à son confesseur fut porté, par autorisation de la police, à la connaissance du public : ce qui suit en est un abrégé fidèle et a été extrait du document original. Après avoir rapporté la conversation qui eut lieu entre le prisonnier *Darancourt* et le *chevalier de Sainte-Maure*, au sujet de la *franc-maçonnerie*, et dont il a été parlé dans la première partie de cette histoire, l'*exposé* publié par le *gouvernement* poursuit ainsi :

« Il paraît, par la confession du prisonnier *Darancourt*, qu'il avait été convenu, entre lui et le *feu chevalier*, de ne parler à personne, pas même à *Théodore de Valmont*, du projet d'*Ernest* de devenir membre de la *société maçonique* ; que le *chevalier* convint de se rendre le lendemain chez *Darancourt*, dans l'après-dîner, pour recevoir les premières notions indispensables, et de là l'accompagner à la *loge* de la ville, pour sa réception définitive.

» Le *chevalier* fut exact au rendez-vous, et frappa à la porte de *Darancourt*

quelques minutes avant l'heure fixée.
Elle lui fut ouverte par le jeune avocat
lui-même, qui lui fit observer la précaution qu'il avait prise d'éloigner tous
les domestiques afin que qui que ce
fût ne pût les troubler dans l'explication
des mystères qu'il allait lui dévoiler. Il
le conduisit ensuite dans sa bibliothè-
que particulière, où il put remarquer
que les préparatifs de cette grande inau-
guration avaient été faits à l'avance.

Au milieu de la chambre était une
longue table, sur chaque côté de laquelle étaient fixés des crampons de fer,
dans une direction parallèle. Au centre,
la figure d'un homme excédant les pro-
portions naturelles avait été tracée avec
de la craie ; un petit coussin de velours
était placé dans l'ovale qui figurait la
tête, et un compas, symbole maçonique, tracé également à la craie, ouvert

sur la figure, étendait ses deux pointes de chaque côté jusqu'aux pieds. *Darancourt* parla alors en ces termes au *chevalier :* « Vous êtes sans doute surpris » de voir ces étranges préparatifs, et » peut-être pensez-vous déjà que je mé- » dite quelque plaisanterie, et veux ainsi » mêler, comme vous le dites vous- » même, le *ridicule au sublime....* Mais » ayez un peu de patience, et bientôt » vous serez convaincu que cela est plus » sérieux que vous ne pouvez le penser. » Le chevalier lui répondit que, pour son compte, il avait toujours regardé ce qu'on appelait la *franc-maçonnerie* comme un composé de mystères calcu- lés seulement pour piquer la curiosité des esprits faibles ; que, s'il avait con- senti à y être initié, c'était par pure condescendance pour son ami, et qu'il commençait déjà à se repentir de sa complaisance. « Bien !... lui répliqua son compagnon, dans peu vous changerez de sentimens. » Il commença alors à lui expliquer certaines formalités indispensables à remplir avant de pénétrer plus avant; l'une d'elles consistait à placer le *récipiendaire* dans les lignes tracées à la craie sur la table, et à reposer sa tête sur le coussin de velours; symbole de déférence, disait-il, pour une des principales maximes de la *société*, qui dirige tous ses membres dans la même voie, et pour ses supérieurs, figurés par le coussin de velours, et dans lesquels il doit mettre toute confiance. »

Le *chevalier*, impatienté, l'interrompit alors, en lui disant qu'il en savait plus qu'il n'était nécessaire pour le convaincre de son extrême folie; et il s'apprêtait à quitter la chambre, lorsque l'assurance positive de son ami, et *sur*

son honneur, qu'il n'avait aucun dessein
de se moquer de lui, le décida, malgré sa juste répugnance, à se placer sur
la table et à mettre sa tête sur le coussin. A l'instant même *Darancourt*, ti-
rant un anneau secret qui tenait à la
table, le *chevalier* se trouva si fortement
fixé dans cette position, qu'il n'avait de
mouvement libre que les bras. Naturellement mécontent de se trouver ainsi,
il s'en plaignit à *Darancourt*, qui con-
tinuait à plaisanter, et qui, passant
promptement deux attaches de corde
autour des poignets de son ami, les fixa
aux anneaux de fer, et le tint par là
dans une immobilité forcée et complète. Le *chevalier* conçut alors quelques sentimens de crainte, ou au moins
d'indignation, et demanda à *Darancourt*
quels pouvaient être ses desseins en
prenant avec lui de telles libertés?.....

Celui-ci lui donna tranquillement l'assurance que la cérémonie serait bientôt terminée. *Darancourt*, prenant alors une petite aiguille à tricoter, aiguisée par un bout, ouvrit promptement le gilet et la chemise de son ami, hors d'état de lui opposer la moindre résistance, et avec un sourire ineffable de plaisir et de tranquillité, qui ne peut être que l'apanage d'un esprit des ténèbres, plaçant la pointe de l'aiguille entre deux côtes, sur le côté gauche du *chevalier*,... il la lui plongea soudain dans le cœur!... Le *malheureux* poussa un profond gémissement, dans lequel les sensations de la douleur et d'une surprise extrême semblaient se disputer la suprématie eut un tremblement convulsif et expira à l'instant!...

» L'atroce meurtrier retira l'aiguille du cœur de la victime, en passa la pointe

dans le feu, essuya soigneusement le
peu de gouttes de sang qui sortirent par
la légère piqûre extérieure, et déposa
le corps dans un cabinet adjacent. Il
prit dans la poche du mort un couteau sur lequel son chiffre était gravé,
et une clef de l'hôtel, qu'il avait habitude de porter sur lui pour ne pas troubler le repos de ses parens lorsque
quelque partie de plaisir lui faisait trop
prolonger sa soirée ; et à minuit, muni
d'une lanterne sourde, il alla précipiter
le cadavre dans le puits d'où il fut retiré quelques jours après. Il se rendit
de là, en toute hâte, à l'hôtel du *comte
de Sainte-Maure*, en ouvrit doucement
la porte, pénétra avec précaution dans
la chambre à coucher du malheureux
comte et de sa femme, et les égorgea
pendant leur sommeil, avec ce même
couteau trouvé dans la poche d'un fils

non moins infortuné!... Deux servantes et un domestique, surpris également pendant leur sommeil, eurent le même sort.

» Le meurtrier, maître ainsi de toute la maison, la dépouilla à loisir de tous les objets de valeur, comme argent et bijoux, et s'empara aussi d'un billet de *cinq mille* francs qu'il avait fait au *comte*, pour pareille somme que cet infortuné gentilhomme, après l'avoir réunie avec peine, lui avait prêtée, afin de l'aider à suivre avec succès ses études. Il s'échappa ensuite avec sa proie sans être découvert, et laissa le couteau *du chevalier*, instrument de son crime, dans le corridor, avec une intention évidemment perfide. Il se retira chez lui, cacha son larcin; et aucun regard mortel ne s'étant arrêté sur lui, il se *coucha*, dans la ferme conviction que la découverte de son crime était au-dessus de toutes les recherches humaines. »

Telle fut la confession de cet atroce scélérat. Elle était suivie d'une complète explication des motifs qui l'avaient poussé à commettre un crime aussi horrible. Épris depuis long-temps lui-même d'une passion violente mais secrète pour mademoiselle *Duplessis*, il voulait obtenir sa main, et se détermina, pour y parvenir, à assassiner non-seulement l'amant favorisé, *Théodore de Valmont*, mais à envelopper dans sa vengeance le *chevalier*, qu'il regardait comme un obstacle à l'accomplissement de ses desseins futurs, depuis qu'il avait reçu la malheureuse confidence de son amour pour la même personne. Le hasard ayant mis ce dernier en sa puissance, il le sacrifia, en attendant une occasion favorable de se défaire de

Valmont. Le meurtre des parens et domestiques du *chevalier de Sainte-Maure* fut le résultat du froid calcul qu'il fit, après l'assassinat de celui-ci, sur les avantages qu'il pouvait en retirer. Parmi ceux-ci entraient en première ligne le désir de retirer son billet, et surtout la possibilité de faire regarder le *chevalier* comme le véritable assassin, et par suite comme s'étant donné lui-même la mort. Le vol des autres objets n'avait été que le résultat de la facilité qu'il avait trouvée à le commettre, et à laquelle cet homme de sang n'avait pu résister.

Cette confession volontaire d'une scélératesse sans exemple jusqu'alors prouvait, avec la dernière évidence, la parfaite innocence du fugitif *Théodore de Valmont*. Elle avait été remise au prêtre à l'instant où *Darancourt* ne voyait plus aucun moyen de se soustraire à une mort bien méritée.

Mais si le condamné eût différé seulement de quelques secondes le dépôt d'un écrit qui contenait l'aveu de ses crimes atroces, ils fussent toujours restés inconnus ou douteux : car il est plus que probable que le sursis qui le sauva provisoirement n'était que le précurseur de la grâce entière que *sa majesté impériale* avait dessein de lui accorder.

Au jour prescrit, le scélérat *Darancourt*, convaincu par ses propres aveux, fut, une seconde fois, conduit à l'échafaud, et subit une mort ignominieuse, au bruit des exécrations de cette même multitude qui avait si unanimement applaudi à son sursis. Ainsi périt un des hypocrites les plus accomplis qui aient jamais déshonoré le nom d'*homme.*

La joie que toutes les classes de la population témoignaient de l'heureux retour de *Théodore de Valmont*, si injurieusement soupçonné; les félicitations sincères qu'il reçut de toute la ville et des environs; et, plus que tout cela, les preuves si claires de son innocence, versèrent un baume consolateur sur les douleurs de ce cœur noble et si profondément blessé, et le dédommagèrent amplement d'infortunes aussi cruelles que non méritées.

Ainsi, un fils affectionné, un père tendre, un sensible et fidèle époux, chéri, respecté de tous ceux qui le connaissaient; ce voleur, cet assassin prétendu, si hautement proclamé le plus noble des hommes, se trouva jouir enfin, au sein de sa famille, de toute la somme de bonheur qui peut être ici-bas le partage de la nature hmaine.

Et si sa prévoyante sollicitude s'accrut avec l'âge, ce fut seulement parce que chaque année sa tendre épouse, son *Émilie* adorée, lui offrit un nouveau gage de leur tendresse et de leur mutuel *amour.*